연못의 뒷문

시와소금 시인선 · 140

연못의 뒷문

정옥자 시집

시와소금

▌정옥자

- 경기 가평 출생.
- 1997년 《작가세계》에 「가을날」 등의 시로 등단.
- 내린문학, 인제문협 회원.
- 이메일 : sigrim2@hanmail.net

꽃이나 바람 곁에서

눈송이나 빗소리 곁에서

웃거나 잠기거나 하던 기록
그런 것들 같다

유년에서 중년에 닿고
내리막이다
그 시간들이 담겼다

딸에게 남길 수 있다는 게 참 좋다

2022년 봄 인제에서

| 차례 |

| 시인의 말 |

제1부 연못의 뒷문

제2부 새와 한 밥상에

제3부 생각 그림

제4부 오래된 측면

처음처럼

두어 해를
서랍 속에 묵혔던 패랭이 씨를 흙 속에 심네

두어 해를
한쪽으로 밀어 두었던 그를 만나러 가네

묻은 씨앗만이 다시 꽃 필 기회를 얻느니

너와 나
오늘 만남이 처음인 것처럼

수탁 水啄

울타리 아래 묻은 강낭콩이 소나기에 젖는다

알에서 새끼가 나오려 할 때
어미는 부리로 쪼아 알에 균열을 만든다
생의 문 앞에 처음 서는 두려움을 덜어주며
격려하는 교감의 조탁 鳥啄

소나기도 수탁 水啄을 하나 보다
강낭콩도 딱딱히 마른 껍질에 문을 내기가 쉽겠는가

들창을 올리듯 어둠을 밀어 올리며
세상을 처음 열어 보는 일일 테니
몸을 부수어 다시
태양을 향해 내밀어 보는 걸음일 테니

흙을 들썩이며 문을 탐색하는 난생 卵生에게
소나기가 도닥도닥 손을 건네고 있다

어둠의 정 頂을 치고 있다

연못의 뒷문

둥근 둘레의 반 평 남짓한 연못
수련이 피었다

작은 연못이
왼쪽 가슴에 꽃사지를 달은
조금은 자란 동사승 같다

유들한 버드나무와 난
연못 둘레에 나란히 얼굴을 띄우고
다정히 들여다보는 것인데

수면 위에 그림자들을 싣고
고인 물이
연못 뒷문으로 빠져나간다

그래, 작은 가슴에도 덜어낼 게 있을 테지
몇닢 추억은 있을 테지
돌아서면 먼 전생이 아니던가

가끔씩은 마음 내어 가는
뒷문이 하나쯤은 필요한 거지

가로등과 수련

연못가에 태양열 가로등 두 눈
부리 부리하게 뜨고
수련을 지키고 있지요

나뭇잎 적시는 밤비 소리
턱 괴고 같이 들으면

빗줄기는 가로등 둥근 불빛 속으로
핏 봉 핏 봉
투호놀이를 하구요

수련꽃 봉오리
누가 볼새라 조심 조심
실눈 뜨고 세상을 엿보는데요

지구는 웃으며 갸웃둥
어둠의 한쪽을 털어 내지요

갈대

작은 새가 둥지를 고심하다 지나갔다

들쥐가 배암을 따돌리고
맑은 눈으로 하늘을 잠시 바라봤다

먼 세상을 돌아 나온 바람
어깨를 감싸며 등을 밀었다

그들 때문인지
중심이 사라졌다

손을 놓고 자꾸
어딘가를 배회하다 돌아오는 생각이
흔들린다

고개 숙이고 하얗게 곰곰해진 갈대
균형을 잡아야,

매디 매디 관절이
갈대를 꽉 붙들고 있다

입동立冬

늦은 가을비 젖은 자두나무에
내실內室을 알 수 없는
노랑쐐기나방 집

나뭇가지를 하늘 골목길 삼아
어디까지 가려던 것이었을까

다리와 팔을 몸 안에 말아 넣은
잠 안으로
더운 욕망도 저문다

전-후생이 한 이불을 덮고 누운
문풍지를 흔들며
먼 길을 채비하는 바람

바람 부는 날

아버지로부터 상속받은 건 바람 한 알

먼 어느 곳에서 왔던 바람이
똑 닮은 바람을 낳아 놓고 가셨던 거야

아버지는 내 몸속에
바람 한 톨을 넣어 놓고 가신 거야

바람 부는 들녘에 서면 그래서 가슴이 뛰고
휴면하던 세포에 와류가 흐르나

먼 우주로부터 흘러온 바람이
먼 우주를 그리워하는 것 그래서
바람이 불면 어딘가 떠나고 싶어지나 봐

아무래도
바람이 바람을 낳아 놓고 가셨던 게지

열매는 둥글다

익은 것들은 따듯하다
익은 열매는 온溫색이다
익은 것들은 둥글다

누군가의 체온에 맞춰 보려고
가을볕에 몸을 고루 데우고 있는 열매들
저렇듯
누군가에게 가까이 가려면
온도를 맞추고 둥글둥글하게 다가설 일이다

어느 지점에서의 발심도 멀거나 가깝지 않게
어느 순간의 회심도 가깝지도 멀지도 않게

어떤 가름에도 좌우 균등해지는 각도
어느 뿔에서의 뿔따구니도
안으로 굽어져 오고야 마는 둥긂
마모의 흔적이 고운 둥긂
언제라도 움직일 준비가 되어 있는 둥긂

통,통 어디로 튀어도 믿지 않을 경쾌한 둥금
정주를 거부하는 둥금
찾아온 나도 잊어주는 둥금

세월이 가는 건 영글어 가는 것
열매처럼 온 색으로 익어가는 일이다
둥글둥글한 사람이 되어 가는 일이다

하이킹

— 담채수묵화 '더불어 숲'을 보고

산이 색색의 판넬을 들고 카드섹션을 합니다

나무들이 한 몸을 이루어
좌 · 우로 물결응원을 합니다

힘내라, 힘!
힘내라, 힘!

우리는 그라운드를 달리고 있습니다

삶의
아름다운 완주를 향하여
오늘도 달리고 있습니다

땅쥐

땅쥐가 있다
땅쥐는 눈이 어두워 앞을 볼 수가 없으므로
이동할 때는 앞선 어미의 꼬리를 물고
기차놀이를 하듯 간다

저기 간다

칙 칙 폭 폭

양손 검지 쌍권총을 겨누어
땅쥐 행렬을 향하여
탕
탕
탕

시야 밖으로 벗어나는 딱쥐 일행

올망졸망한 가족들 풍경은 다 이쁘다
그 한때는 다 아름답다

가을길이 있는 저녁

굴렁쇠를 굴리듯 낙엽을 굴리며
가는 바람이 길놀이를 한다
지루하면 허공으로 몇 잎 띄워도 보고
성이나면 컹컹 짖으며 몰이하듯 간다
쫓기어 가는 낙엽들
총총해지는 걸음과 함께
지나는 길에 저녁이 와서
우리도 그들처럼 몸을 말고 집으로 가지
오늘의 수고로움에 등 쓸어주는 바람이랑
집으로 가는 저녁길
낙엽들은 모여서 어디로 가나
땅거미에 따순 밥상으로 불러주는
뉘 손짓 있는 듯 뎁혀 놓은 아랫목 있는 듯
골목에 흩어 놀던 낙엽들
주섬주섬 자리 털며 어디로 가나
저희끼리 중얼대며 어디로 가나
또 하루를 건너자고 길은 더욱 깊어지는데

꽃들

아네모네꽃은 아네모네 뿌리들이 품고 있던 꿈
각시붓꽃은 각시붓 줄기가 꼭 쥐고 놓지 않은 꿈

한 송이엔 그들만의 날들이 안개처럼 고여있네

아네모네꽃은 아네모네의 오래된 설레임
각시붓꽃은 각시붓 줄기가 지켜낸 기다림

뿌리와 줄기가 꽃을 품고 있었다면
꽃은 과거이며 미래인
줄기와 뿌리를 품고 있는 것처럼

어떤 몸들은 어머니와 할머니
할머니의 어머니와 할머니들을 품고 있으니

환하게 시장 구경 나온 꽃들 앞에서
인중이 곱게 닮은
두 여자 얼굴이 동일하게 활짝 피는 걸 보면

저이들도 틀림없이 꽃들처럼
은밀히 몸속에 서로를 품어왔던 것이려니

그가 온다

그의 말은 자주 기울어진다
가만히 보다 보면 몸도
한쪽으로 기울어져 있는 것만 같다

기울어진 몸 때문에
생각도 찔끔 찔끔 흘러내리는 것인지
목소리도 종종 엎질러진다

몸이 기울었으면
걸음도 기우는 건 자연스러운 일

가끔은 좌우로 흔들 흔들
기울어지는 방향이 바뀌기도 한다는 걸
양손에 들고 오는
명태의 흔들림으로도 알 수 있는데

아무래도
주워 담을 새 없이 자주 넘쳐서

온전한 원형으로는 무엇도
오래 담아두기란 매우 어렵다는 것인데

생각해보면 살아가는 일이란
이십삼 점 오도 기울은 땅을 딛고
내내 버티어내는 일인지도 모르는 일

그래서 몸을 비스듬 기울이면
삶의 무게도 덜어낼 수 있다는 것인지

벚꽃 지는 저녁을 기웃둥 기울이며
화주華酒로 불콰해진 그가 온다

새
— 한식집 운채 가는 길

그 언덕 숲엔 새가 많다
고단한 날개를 쉬는
새가 많으나 조심히 다가가서도
쉬는 새의 숨소리는 들을 수 없다

호흡마저 내려놓았는지
날개 굳은 새 먹눈이 된 새
몸 깊숙이 말뚝이 박힌 새

노래하지 않고 날아오르지 않으며
새의 몸만 가진 새도 새이긴 하려나

한때의 새의 기억이라도 훔쳐 오고 싶은 모습으로
새의 깃을 갖고 새의 영혼을 입고 싶은 모양으로
한 번쯤은 날 수 있을 것인지 모의하듯
나뭇가지에 떼지어 앉아 있는 쪽동백 솟대새

솟대새들처럼 모여 점심을 나눈 여자들이

요모조모 들여다 보다
솟대새와 동질감을 찾아낸 여자들이
한동안 들여다 보다
솟대새에게 속을 내 준 여자들이
솟대새와 결연하게 연대라도 할 양으로
새의 부리를 닮아간다는데

출렁출렁 숲을 일으키며
한 무리의 새 떼처럼 이륙이라도 할 것 같이

찜찜한 그 길

세월 이쪽을 읽어내지 못한 침침함이
다가가 길을 묻는다 같은 순간
침침해진 저쪽 육신이 나를 훑어 내리는
잠시 지팡이가 된 나의 눈 재빠르게
시간의 경계를 넘나들며 탐문 중
아뿔싸! 지나치면 좋았을 걸
닭의장풀 가리키는 왼쪽 길로 갈 것을

인연 만상萬想의 하루

제 **2** 부

새와 한 밥상에

놀이방은 푸르다

아파트 내 놀이방에는
돌 갓 지난 아이들이
풋완두콩처럼 모여 있는데
반 이름도 씨앗반이다

놀이방 문이 열리면
쟁반 위에 완두콩 구르듯
이리저리 흩어지는 아이들

뒤뚱 뒤뚱 튀어 오르는
말랑한 작은 우주다

꿉꿉한 한 뼘 발바닥
지그재그 율동이
띄워 올리는 보글한 웃음소리

지구가 푸르다

감나무와 강아지와 딸
—산중일기 · 1

우리집에 가서 같이 살자~

언젠가 강아지를 데려오며 그랬듯
원통장에서 홍시 둘 달린
한 그루 감나무를 차에 싣고 오며 말했다

조금 춥긴 해도 우리
자알 견디어보자~

양지에 심어 낙엽으로 발등을 덮고
허리까지 바람막이를 둘러주며 말했다

산 105번지에 먼저 온
터줏나무들과 새 가족이 된
키 작은 감나무나

천방지축 강아지나 열댓의 우리 딸이나

요즘
세상에 줏대를 세우고 있는 중이다

새와 한 밥상에

― 산중일기 · 2

새가 반을 먹고 간 사과의 반을 내가 먹는다
반반씩 나눠 먹으니
새와 한 밥상에 앉은 기분

어린 딸과 밥을 먹는 것은
어린 새와 한 밥상에 앉는 것

하늘도 한 쪽씩 같이 품는 것이다

여름 근황

－산중일기 · 3

장 단지 뒤에서 슬픔이 한낮을 머뭇대다 가더니
한숨 조그맣게 떨구어 놓은 자리 채송화 피었습니다

창틀 위에 팔짱을 얹은 어스름이랑
어둠에 얼굴을 묻은 적막이 채송화를 품고 있습니다

눈썹달은 달마의 하회탈 얼굴로
밤이 깊도록 채송화 등에 어룽대다 갔습니다

사노라네
― 산중일기 · 4

초록빛에 눈꼽 떼는 아침
코는 금은화에 내어주고
삐쭉 빼쭉 줄을 서서 안내하는
풀꽃들을 따라 가노라면
어느새 해는 중천
아이 손만 한 나뭇잎들
길바닥에 판화를 찍으며 놀지요
사노라면 일년 아니
이삼 년쯤 하다 그만
돌아갈 일 잊고 그곳
어디쯤 몰래 묻어 놓은
욕망도 잊고
기차는 지나가도
내 어미처럼 아비처럼 나는
살고 말지요
닮아가며 세월 가지요

벌의 집
— 산중일기 · 5

평상 비가림 천장에 말벌들 집을 지었다

수억의 날개바람으로 빚어서인가
바람무늬 벌의 집

보름달만큼 부푼 집 달을 닮은 집

가만, 저들 혹
달의 원심력을 놓쳐 버린 달의 생명체는 아닐까
지구 가족 살피러 온 염탐꾼이거나
마법에 걸린 달 왕자님과 그 일군은 아닐까
그래서 밤이면 유선 안테나 송신탑 삼아
은밀히 구조 타전을 하고
그윽한 달빛 호위받으며 어느 밤 홀연히
지구를 벗어나는 건 아닐까

보초를 서는 벌의 눈빛과 밀당하며
약술의 탐심을 숨긴 채 어린 딸 눈 속에 동화를 쓰며
어지간히 엄살이 즐거운 남심男心 앞에
벌의 집 보름달처럼 떠 있다

나무장사의 마음
― 산중일기 · 6

장에 나온 나무들이
흙덩이로 발을 꽁꽁 싸매고 늘어서 있다
나무는 세상에 외발로 서야하므로
비나 바람 속에서 잘 견디려면
외로워도 평행대 위를 걷듯이
좌우로 가지를 펼쳐가며
조심조심 스스로 균형을 잡아가야 하므로
이사하는 어린나무는
무엇보다 발이 따듯해야 하느니
나무장사는 나무들에게 양말을 신기듯
발을 꽁꽁 싸매주었을 것이다

대학 기숙사로 입사해가는 딸의 짐을 챙기며
무엇을 보태고 덜어야 할지
어떤 말을 더하고 빼야할지
고민하다 조용히
나무장사의 마음을 넣어 보냈네

흔적, 잠시
— 산중일기 · 7

때까치가 앉았다 떠난
나뭇가지가 한참을 요동쳤다

스물의 딸을 타지로 날려보내고
저렇듯 나도 출렁이고 있다

무엇도 올려놓을 수 없는 흔들림이
무엇도 담을 수 없는 진동이
잔잔해지기를 기다리는 중이다

날아간 새의 발구름을 받아 낸 나무처럼

벚꽃 호사
― 산중일기 · 8

그리움이 폭발하는 거 처음이라고
한번 등 떠밀려 보니 감당할 수 없었다고
벚꽃이 하얗게 하얗게 피더랍니다

하롱하롱 날리는
눈물 같은 그리움은 또 처음 봤다고
서툰 분 향기를 달고 두어 달 만에
벚꽃빛깔 환하디 환하게 딸이 왔습니다

똘이보다 발이 늦은
두 내외 가슴 뿜뿜한 온기도 잠시

딸은 돌아가고 요란하던 꽃잎 슴슴히 날리는데

말은 안 해도 낯선 타지에서
처음 알게 되는 것이 어디 그리움뿐이겠냐며

두런 두런 내외
홀랑 빼앗긴 정신을 서로 수습해주고 있습니다

등나무 아래
— 산중일기 · 9

삼거리 길옆 등나무 아래
박씨, 정씨, 임씨 할매 화투판 벌렸어요
공공근로 쌈짓돈 몰아볼까요
햇빛이 등나무잎을 헤치며 들여다 보고
줄장미들도 분식집 담벼락에
오글오글 얼굴을 내밀고 구경하고 있어요
한방씩 터져주는 흔들고 피박이면
매화가지 꾀꼬리도 놀라 달아날 판
시원한 콩국 내기에
집게발 들어 올린 게들마냥 서운한 삿대질도
자리털면 잊힐 노여움이죠
새로울 거 없어도
눈만 떨어지면 둘러앉는 등나무 아래
서로의 속내 사정은
이따금씩 나눠 자시는 파전같은 것
어머, 쓰리고 들어가나요
정씨할매 끗발 올리고 있네요
어깨 사이로 넘겨보던

훈수꾼 등꽃들 하냥 하냥 웃고 있어요

낙화
― 산중일기 · 10

그 길에 목련을 피워놓는 건 햇살인데
어여쁘군, 짓궂게 꽃을 흔들며
묵화로 베껴보는 건 지나던 바람이고
그에 질세라 나도 화지에 목련을 옮겨보는 것인데
햇살이나 바람이나 나나
그렇게 마음을 줘 봤던 것인데
오는 건 간다고 가는 것이라며 봄이 갑니다
머무르는 만큼 정이 든다고
정도 지나치면 미련 된다고
꽃도 꽃 같던 때도
담아두지 않고 잊는 거라고
때 되면 그렇게 살아가는 거라며 목련은 지고
꿈을 꾼 듯이 봄이 또 갔습니다

귀뚜리 운다
— 산중일기 · 11

달빛이 풀잎을 건너는 소리
집이 효자손으로 등 구석을 긁는 소리

헌 옷같이 오래된 여자가
철 지난 옷 개는 소리, 벽에 기대앉아
묵은 일기상 읽는 소리

낙엽 같은 세월 뒤적일 게 많아서
그믐달 오동나무 팔 베고 사유에 든 밤

산다는 건 뭘까,
편지 봉투 속 씨앗들 눈 밑 주름 매만지는 소리

늙으신 어머니 이불 홑청 깁는 바늘땀 소리

무쇠점 블루스 1
— 산중일기 · 12

흰 눈이 마을을 덮는 저녁
집들은 따듯한 창을 켠다
사과작목반의 이름으로
귀촌 중년의 이름으로
봄을 모의하는 우리는
곁들인 몇 잔으로
아득한 흑백필름에 오방색을 입히며
바래진 옛 사연에 새삼
가슴을 데워보기도 하며
바람이 눈 밟는 소리를 듣는다
밤손님 산짐승 마당을 서성이다 가고
잎 없는 나뭇가지들 미동에
어둠이 긁히는 소리 간간히 들리는데
스므나무에 스치는 밤바람의 맨발에
어쩐지 숙인 뒷목으로 세월이 겹치는데
서로가 풀어놓는 다른 듯 닮은
이야기들이 익어가다 보면
서로의 눈 속에 무럭무럭 나무는 자라고

눈송이들은 어느덧

사과 흰꽃잎되어 날리는 것이었다

* 무쇠점 : 인제에 있는 마을 이름

무쇠점 블루스 2
— 산중일기 · 13

함박눈이 날려서 월든을 읽는다
눈에 발이 묶인 흐린 겨울날
얕은 산중에서
엄살스럽게 유폐를 말하며
흩날리는 눈송이에 마음을 적신다

긴 잠결에 흰 눈을 맞는 나목들
길들은 손을 잡고 모두 꼭지를 숨기고
방황의 흔적을 고스란히 남기는 새들,
새의 발자취는 이내 흰꽃잎 되어 길을 만든다

산 깊숙한 어딘가에서 웅크리고 있을 짐승들
추운 바람은 그 무릎을 멀리 돌아 흐를 거란
생각을 하며 아이에게 줄 고구마를
굽다 보면 눈발은 기인 바람결에 수를 놓고

잊혀진 사람처럼 산중에 앉아 있으면
지붕은 우리를 대신하여 찬 눈을 맞아서

나는 미움도 설움도 없이
흰 눈송이들이 그리는 풍경시를 읽는다

* 월든 : '헨리 데이비드 소로' 책 제목

산중설교
― 산중일기 · 14

가을이 걸어 놓은 호롱 달빛에
여치, 귀뚜리 담론이 길다

너는 패랭이잎 한 칸
나는 족두리잎 한 칸

대궐 같은 지구에
방 한 칸 세를 든 신세

우주의 사랑방에
머물고 있는 뜨내기손님이지

너나 내나
우주 옆구리 비늘 한 점
무지개물고기를 이루는 한 몸이지

무지개 물고기 호흡에 꽃이 피고
눈 씀벅여 낙엽이 진다

몸 뒤척여 바람이 분다
유객遊客들의 이야기 깊고 깊어

생각을 받아 들고
창가에 들러리 귀를 하고 있던 나는
무엇인가, 가늠하고 싶어져
토란잎같이 자란 귀를
유구한 달빛에 내어 놓는다

마당
— 산중일기 · 15

고로쇠잎들이
마당을 뒹굴다 오목한 곳으로 쌓인다

지난 여름비에 패인 곳을 감싸주려는 듯
마당귀 이쪽에서 저쪽귀까지 수평을 이루려는 듯

바람의 손놀림으로
굴곡졌던 마당이 평면이 된다

낙엽이 오목한 곳으로 몰려드는 건
패인 상처를 보듬는
둥근 지구의 자기 치유 행위

할머니 손에서 흰 반죽이 둥글어지듯
바람의 손끝에서 단단히 둥글해지는 지구

고로쇠나무가 마당 가에서
어깨 한쪽을 새에게 내어주고 있다

느티나무가 있는 저녁

— 신중일기 · 16

해 질 무렵 느티나무 안으로
새들이 우르르 몰려들었다
나무는 제 잎과 새를 구분하지 않았다
몇째인지 헷갈리는
풍채 좋은 중년여인 같았다
어느 하늘 어느 바람 속을 날다 왔는지
나무 품에서 새들은
느티나무 잎들과 오순도순
다 같이 저무는 저녁을 보았다

제 **3** 부

생각 그림

하루

붉은 새떼 서쪽으로 향하고
저녁 하늘에 조등이 걸린다
누더기 눈[目]옷 입고 관 위에 몸 누이는 자여
내일은 다시
초행이다

자작나무

모든 길은 몸에서 나온 것
가지가 돋은 곳마다
생각이 찢긴 자작나무

고민과 갈등 없이는
어떤 길도 갈 수 없더군
몸 안에서 발을 꺼낼 수 없더군

누군가 수없이 갔던 길을
누구나 처음 가는 것

굽이치지 않고 자란 가지는 없더군
굽이치지 않고 가는 길도 없더군

몸에 문을 내어
발들이 걸어 나간 순백의 발자국

천공天空을 자작자작 딛고 있는 자작나무

허공에 제 몸을 그리듯
공간에 제 길을 만들듯

삶은
자작自作이더군

풀의 매디

모든 풀의 매디에는
머뭇거린 걸음이 있다
생각이 고여 있다
시간이 쌓여있다

허공을 더듬어 보고, 재단해 보고
허공을 건드려 보고, 바람의 방향을 짚어보고
태양의 중력도 가늠해 보았을까
손짐작 몇 번은 거쳤을 자리에
줄기를 세우고 잎을 펼쳤을 풀포기
조금쯤은 태양을 향해 있다

한 걸음 나아가기 위해
순간 걸음을 멈추었던 자리
숙고의 흔적

굳은살 매디가 있다
몸을 지탱하는 심지가 있다

허공을 희롱하는 풀 끝에

잠시

노을에 안경을 닦는 고추잠자리

수평

시소가 홀로 수평으로 있는 것을 본 적이 없다
언제나 어느 한쪽으로 기울어 있다.
한쪽은 시무룩 고개를 떨구고 있어야 한다

누군가 다가가 어깨를 털어주며 말 붙이기 전에는
시소에 몸을 실어 양쪽의 무게를 맞추기 전에는
여백도 시소 뒤에서 기우뚱 있어야 한다

좌·우가 몸의 무게를 가감하며
힘을 주고받을 때 시소는 잠시 수평이 된다

오르락내리락 좌우가
여백의 이마 주름을 늘였다 줄였다가
여백의 볼살을 당겼다 놓았다가

같지 않으면서 같아지려고
무게를 건네고 받으며 애를 쓰는 그 지점에
둘이서 이루는 중심이 있다

위태한 수평이 있다

시소에 너와 내가 앉아 있다

우리가 꽃으로 피어있는 것은

오늘 내가 하고 있는 일은
누군가 자신의 생각을 보류했기 때문
오늘 네가 우뚝 서 있는 것은
누군가 기꺼이 양보하는 마음이 있었기 때문

관점이 없으면 갈등도 없는 것
갈등이 없으면 관계도 없는 것

어떤 일에도 승자나 패자는 없다네

수련이 활짝 피었다가 지는 중에야 보았네

지친 꽃대가 수련을 든 채
물속에 주저앉는 것을 보고야 알았네
꽃이 피어있는 동안 줄기는
끊임없는 물의 인력과 척력 사이에서
견디고 있었다는 것을

내가 한 송이 꽃으로 피어있는 것은
누군가 나의 꽃대가 되어주었다는 것

네가 한 송이 꽃으로 핀다는 것은
내가 네게로 가 꽃대가 되어주는 것이었네

늪

찔레덩굴 가지 하나가 긴 웅덩이에 빠졌네
발을 잘못 디뎠나
물 위를 소금쟁이처럼 걸어 보기라도 하려는 것인지
발이 가볍지 않은 모양이지
물속 깊이 잠겨버린 가지

양수 속 잠처럼
눈을 감고 외부로의 궁리를 멈추지 않는 모양이지
간절함은 견줄 바 없는 기도
덩굴의 눈들이 빨판이자 발이 되었네

발바닥에 돋아난 흰 뿌리들
안착을 희롱하는 물의 몸짓

어디에도 닿지 못하는 사유의 타래

발에 심은 생각들이 자꾸 길을 잃는 모양이지

흰꽃을 든 저 찔레가지
응달을 거느리고라도 나비처럼 지나가지 못하네
사뿐, 소금쟁이처럼 늪을 건너가지 못하네

호두나무 아래서

비릿한 푸른 호두, 그 곳에서 바람이 휘어졌다
나무 한가득 호두, 호두를 스치는 굴절들

바람 하나가 걸어 들어가고
두 번째 바람이 이어 들어가고
바람들을 이룬 바람 떼는 한동안
나무 안에서 빠져나오지 못했다

나무 안에 들어간 바람, 나뭇가지를 지나며 수만 갈래가
되었다
둥근 호두를 지나는 바람, 모두 곡선을 이루었다

바람 떼 앞에 완고한 자갈돌 같네 호두

호두에 넘어진 바람, 호두에 걸린 우리의 의기意氣
나무를 향할 때 하나였으려나,
도달은 또 다른 갈등의 진원지

커다란 호두나무 아래서 나무 속을 들여다보네
나무 그늘 속에서 나도 빠져나오지 못하네

새 떼의 깃털 같은 잎들 방향도 수만 갈래
가지들도 혼무를 벗어나기 위해 틈을 모색 중인가
모두 하늘 한 자락씩 움켜쥐고
공간을 놓쳐 버린 가지들은 사목으로 부서지는데
혼돈이 아름다운 건 무언가를 잉태하고 있어서려나

나무에 바람 잦아들 때까지
공전을 멈추고 폭풍이 길을 내어 나무에서 빠져나갈 때까지
호두나무 그늘에 발목을 묻고 나는 서 있네

마음 한 평

연못에 수련을 심고 송어를 풀으니
잦은 발길 불러들이는 건
수련인가, 수련잎 양산을 멘 송어런가

몸짓을 따라 가보며 묻는 의중
눈을 따라가다 만나는 심연

어디라도 속에는 실타래 같은 물길이 있어
복잡한 길을 거치지 않고는
갈래 갈래 구석까지 걸어보지 않고는
한 곳에서 만날 수 없지
손을 맞잡고 더 넓게 흐를 수 없지

꽃대를 따라 흐르지 않고는 꽃을 볼 수 없듯
꼬리를 따라가지 않고는 송어의 방향을 알 수 없듯

누구라도 내게로 와 인연을 맺으면
마음 한 평을 내어주게 되지 한 평이
세포 수만 평을 이끌고 먼 곳으로 나아가지

야생화

화단에 돌담을 둘렀더니

가른 경계 아랑곳없이
으뜸 버금 구분 없이

돌담을 사이에 두고
마주 보며 꽃들이 피었다

꽃들은 어울려 피어서 예쁘다
다채로워서 아름답다
우리도 어울려 흐르면 안 되나

이편 저편 가르는
경계를 지우고 한통속으로
들녘을 물들이는 꽃들이면 안 되나

세상이란 들판에 다니러 온 나그네
도생하며 잠시 꽃 피우고 가는
우린 모두 야생초인 것을

생각그림*

쪼그리고 앉았다 일어서려니 다리가 저리다
딛으려니 주질러진다 한 걸음도 나아갈 수 없다
앉아 잠시 생각에 빠진 동안 무언가 몸을 빠져나갔나
몸을 지탱해준 게 설마 물이었던 모양이지
살 속을 흐르는 핏줄 핏줄들 속을 채워 흐르는
맑은 물 그 물줄기가 몸을 돌며
지렛대가 되어준 모양이지
딱딱한 각으로는 닿을 수 없는 구석까지 흘러
물은 몸짓들이 되어 주었으려나
강아지풀대 춤추게 하던 이슬처럼
물푸레나무 곧게 세워주던 수액처럼
물상物像의 면을 채우고 형상을 이루고
몸들의 호흡이 되고 미소가 되었으려나

생각을 권하는 삽화에 턱을 괴고 앉은 사이
접힌 관절에 혈액이 순환을 잊은 사이
기우뚱해지는 몸, 놓쳐버린 균형

앉아서 그림에 잠긴 동안 몸기둥이 사라졌네
앉아서 생각의 실마리를 따라다니는 동안
중심中心이 모호해졌네

* 생각그림 : 경향신문 '그림 오피니언' 제목에서 인용

손의 변辯

입장을 손바닥 뒤집듯 한다지만
손을 엎어 본 사람들은 안다네
손을 엎을 때 뒤집히는 손 주변에
얼마나 많은 파동이 이는지
일찍이 딱지치기 해 본 경험쯤으로도
요동치는 광풍의 위력을 안다네

손의 등과 바닥의 간극은 남극과 북극처럼 멀어서
그 공간이 폭풍 품은 침묵의 여백이
얼마나 긴밀하고 내밀하게 움직이고 있는지를
와신臥身 숙고를 치러 본 사람들은 안다네
(뒹구르르 와신하면서 안다네)

손이 아래위 위치를 바꿀 때
흔들리는 시공과 와글거리는 빛이 이끌고 오는
입장의 변신

손을 뒤집는 건 참으로 어려워야 한다지만

등과 바닥은 서로의 배면

애초 이면동체異面同體 둘이 아니었으니

사과의 지분

주렁주렁 사과 익었네
올해는 나무 심고 수확하는 첫 가을
사과는 나만의 것은 아니리
사과꽃이 피어날 때 그리고
사과가 익어가는 동안
고루 고른 빛을 넣기 위해
바람결과 햇볕이 사과 곁을 맴돌았듯
뻐꾸기, 쑥국새, 산까치
저마다 노래로 시간을 나누었으니
사과알마다 여러 품들이 깃들었으니
나의 노고로만 여문 것은 아니리
나 혼자 걸어 온 것 같아도
돌아보면 일순들의 연기가 나를 빚었듯
사과꽃 피고 열매가 굵어 가는 동안
사과 곁을 스쳐간 어느 하나
이유 없는 자취는 없을 테니
알음알음 모든 관계는
서로에게 지분을 갖고 있는 것이지 하면

어느새 누군가의 눈물에도
내게 지분이 있는 것은 아닌지
생각해보게 되네

영산홍 가지치기

들쭉날쭉 자란 영산홍 가지를 다듬는 일은
성미 급한 가지의 걸음을 늦춰놓는 일

각각 골몰에 잠긴 외걸음들을
옆걸음들과 보폭을 맞춰주는 일

걷다 보면 살다 보면
짧지 않은 세월길
걸음걸음이 두런이며 즐거움도 있게 마련

나뭇가지 높이를 고르게 해주는 일이
가지들의 속도를 나란히 해주는 일이
나를 돌아보게 하네

오다가 홀로 깊게 잠겨 잊은 것은 없는지

앞서거니 뒤서거니 자란 영산홍 가지들이
아프게 가지를 잘리우며

걸음을 주춤이며 내게 묻고 있네

그리하여 가면서 흘리고 있는 것은 없는지를

화분

수퍼 앞 거리 좌판 꽃파는 아저씨
의자에 앉아 고개를 숙이고
졸고 있다 꽃 사는 내게
덤으로 화분 하나 주셨네

'오호래 이뻐여, 키워 버쎄여'
햇빛에 눌린 호박잎같이 흐늘흐늘
입술에 반주졸음 털어내던 아저씨

객식구 되어 구석 차지한 나무화분
돌보는 손길 없이 꽃을 피웠네
가지를 번듯 세우고
한 벌의 수트처럼 말쑥하게 피었네

꽃 아저씨 꽃덤을 주던 게
나의 그늘에 볕을 넣어 보는 것이었나
조용한 옆구리 톡 톡 건드려 보는 것이었나

갸웃 갸웃 흔들 흔들
화분꽃의 사소한 미동에
나도 따라 잠시 술렁이는 봄이네

부부

1

웃음, 몸의 구석 구석에서 꽃들이 톡톡 벙그는 울림음
울음, 정돈됐던 격자상자들이 기울어지는 몸과 함께
무너지는 충격음

이음들이 시간의 오선지를 오르내리다 피워내는
한 송이의 화음

2

어딘가 달라서 만나서 어딘가 달라서 싸우다 어쩌다 닮아서
애련해지는
측은지화

제 **4** 부

오래된 측면

가을날
— 판화 · 1

빨랫줄 바지랑대 그늘 속에
해종일 키질하시는 어머니
머리수건 위로 나부끼던 햇살이
멍석 끝에서 지워지면
옥수수며 고추를 자루에 옮겨 담았다
잠자리 떼 낮은 비행따라
싸리울 줄콩 여물어가고
단단해진 밤들 엷은 바람에도
소스라치며 떨어질 즈음
줄콩처럼 몇 개의 세계를 품고
길에서 몇 번 마주친
사내의 연애편지를 기다렸다

싸락눈
─ 판화 · 2

호야의 그을음을 닦으며 저녁은 왔네
어머니는 한 삼태기 왕겨를 아궁이에
채워 넣으시고 문밖 갈라 터진 목피바람은
만만한 나뭇가지를 퉁겨보거나
싸리비 자국을 남기며 몰려다녔네
어둠은 온 마을을 덮고 어둠의 입에
삼켜지지 않은 초가의 등불 몇
처마의 참새 둥지를 덮치거나 꺼져가는
화롯불에 고구마가 익어가는 밤엔
이불 쓰고 자주감자처럼 싹눈 모으면
사락 사락 등불 찾아 싸락눈 마실을 왔네

상천에서
— 판화 · 3

산밭 고구마 걸어 리어커에 싣고 오는
저물녘 몇 닢 코스모스 저녁별처럼 떠
오르는 신작로 물고구마 가계家計 출렁였네
이따금 고추장 단지만 한 수박을 사 오던
어린 누이 그때마다 다녀가던 몇 줄기
들바람에 물기 마른 숱 많은 누이 퍼머
머리 같은 숲에서 새 떠난 빈 집을 찾아
내곤 했네 산 소나무 숲에 눈 내리면
크리스마스카드에 소나무를 옮겨 심거나
어머니가 내어주는 넉가래 눈길을 따라
도회지 흰 꿈을 꾸곤 하였네

11월
— 판화 · 4

흙담 무청 시래기에 홑겹 햇빛 마르면
소죽 끓는 아궁이에 감자 두 알 밀어 넣었다
널빤지 찬장 위 라디오 펜팔 주선하는 주소록
부지깽이로 뒤적이노라면 낮은 울 자두나무
빈 가지에 실타래처럼 감겨 오던 바람
그 사이로 코고무신만 한 달 보였다
들엔 깻내음 마른 풀내 짙고 들에서 돌아온
어른들 어깨엔 국향이 묻어왔다 밤 기차는
창호지 문에 나무그림자를 뿌리며 지나갔다

12월
— 판화 · 5

무우 깎아 먹는 밤 문 쪽유리 문질러 내다 보면
송이눈 날렸지 장날신수 오관띠는 아버지 옆에
어머닌 양말을 깁고 침 묻혀 우린 겨울숙제를 했네
아침이면 닭 삽살개 누구나 발자국을 만들며
오고 갔지만 길 내는 넉가래에 퍼내지면 그뿐
종소리 구르는 하얀 눈길
어른들은 예배당으로 가도 우리는 눈 덮인
공동묘지에서 비료푸대 눈썰매를 달렸네

가설극장
— 판화 · 6

개천 가설극장 삼륜차
확성기 깃발 나부끼네
초승달 눈꼬리 달맞이꽃과 맞추고
다복 다복 풀숲 이슥한 들판
반딧불 이마 나란 나란
옥수수 하모니카 불며 가네
산들바람 앞서고 귀뚜리 풀여치 따르는
길은 밭 사이를 지르거나
밤 목간 개울 거치네
징검다리 은하수 건너가네
홀밤지기 발발이 달 집어먹고
기찻길 옆 빈집엔 쑥불 꺼지겠네

우기雨期
― 판화 · 7

비 젖은
산비탈 밭
지게 망태 담겨 온
노란 참외
형제들 마주 앉아
배부른
오후 두 시

비 지나간
문간 탁발승
염불 소리
광 항아리
어머니
보리쌀 푸는 소리

상망喪亡
— 판화 · 8

봄비 길더니 아버지 가셨네
이승에 오신 날 늘 비 잦더니
떠나시는 날 비가 오고

무지개 다리 건너
건너 가시는 지
이른 서산 무지개 섰네

어머니 대청마루에 홀로
홀로 앉아 점심 드시네

푸르러진 밤나무잎 마당 위로 덮이고
문밖 호밀밭 세월처럼 물결지는데

목단 더욱 붉어
제비 처마 밑 전깃줄에 진흙 물고
기웃기웃 집 지어도 되느냐고 지저귀는데

종다래끼 등 칠순 어머니
조용히 앉아 점심 드시네

배웅
— 판화 · 9

멀리 예배당 종소리가 들리는 저녁길
노모의 손전등 둥근 불빛 속으로 흰 눈이 날아들었다

노모는 월례 행사처럼 밀린 이야기를 하고
어스름 속에서 여러 폭의 바람이 펄럭이는데
난 어두워지는 길에 눈빛을 숨기며
스물 몇 누적되는
타지의 외로움을 말하지 않았다

실내등을 켠 버스가 오고
차창 너머 손 저으며 멀어지는 검은 실루엣을
뒤로한 채 의자에 등을 기대면
따끔 따끔 검은 창에 젖어 드는 저녁 눈

난 흔들리는 비구상의 꿈에 몸을 기대어
다시 타지로 흘러 흘러가고 있었다

기일륬日

붉은 자주 목단 필적
아버지 그 목단 아래 계셨지
구들장 냄새 봄 햇살에 털며
오랜만에 방문 밖 외출
화단 앞에 무릎 접고 앉아
지팡이에 몸 실은
얇은 하늘색 바지저고리
어쩜, 동그란 몸 목단아래 꼭 맞는다고
우린 웃었지 그러나
그때 우린 알고 있었네
그 순간의 인화는
목단 그늘이 아니라
화단 앞이 아니라
우리 가슴 양지쪽 한 칸 차지할 것을
세상에 흩뿌려 놓은 자식들
또 부모 되어 덕담 나누며
맞이하는 아버지 기일
먼 지팡이 길 오시다

댓돌 신발들 보고 흐뭇하실까
목단은 저 홀로 붉어 서러워라

어해도 魚蟹圖

내 어릴 적 다락방엔 다래며 오디
아버지 철 따라 따온 산열매
광주리 가득 놓여 있거나 겨울이면
달디단 조청도 있어 붕어들 눈빛과
씨름하던 나의 잠은 유유히 노니는
붕어등 타고 광주리 속을 헤엄치곤 하였네

이따금 다락문 너머
조물조물 무른 다래 골라 먹거나
조청 한 수저 구운 떡에 감아 먹으면
배불러 졸음 겨운 저녁상 머리
어김없이 들려 오는 어머니 말씀
아주 큰 새앙쥐 다락을 다녀갔구나

민화박물관 어해도를 보니
문지기 붕어들과 씨름하며
다락방 들락거리던 새앙쥐 형제들
꾸러미 되어 한 폭 풍경 속으로

들어오는 것인데 광주리 시큼한
열매 자꾸 입속을 시계하는 것인데

사랑

눈 속에 갇혔으면 했다
산짐승 발자국 외로이 찍히는
눈 깊은 첩첩산중
초등학교 앞 구멍가게에 진열된
그림카드 속에서
생을 잊고 아이처럼
한 세월 묵어버리고 싶었다
나무등 무거운들 어떠랴
길 지워진들 어떠랴
보이지 않는 길 핑계 삼아
돌아갈 수 없었다고
모든 경계 알 수 없는
까무룩한 산중에서
두 마음 한 기둥에 동여매고
먹고 지고 먹고 지고
잊혀졌으면 했다
아무도 모르게 산사람처럼
산짐승처럼

둘이만 살고 싶었다

안개비와 까마귀

이슬비 가물거리는 오후 까마귀 두엇 어깨를 적신 채
오선지 줄기에 검은 음표마냥 전깃줄에 수그리고 있다

첩첩 심곡深谷을 따라가는 여울 도로
차속車速에 예를 갖추듯 단계적으로 이어지는
길 안내문을 살피며 나아가는 안개에 잠긴 길

부리를 왼쪽 가슴에 묻고 빗물에 온몸을 적시는 까마귀
비에 젖는 까마귀는 물에 잠긴 장화처럼 무겁고 불편하다

그날도 마을의 배경이 되어주는 가로수 젖어 있었다
안개비에 잠긴 농협 옆 골목 식당에서 사고가 있었다
추측의 수군거림들이 서성일 땐 이미 상황이 종료된 후
마치 수습의 마무리를 알리듯 끄물대던 비가 그치고
무슨 일이 있었던 것인가 의아해하듯
희부윰한 잿빛을 밀어내며 골목을 감싸던 청명한 햇살
안개만 아니었다면
영혼의 틈으로 습이 새어들지 않았다면 그는
조용히 자신의 내부 수리를 마치고 햇살 속으로

걸어 나왔을지 모른다

습을 동반한 우기는 주기를 갖고 오지만
습은 뭇 목숨의 시원, 습이 없으면 생성도 성장도 없으니

침침해, 더러는 서둘러 젖은 외길을 벗어나고

더러 탄성을 올리는 이들 앞에
메아리처럼 되돌아 오곤하는 초록의 겹산들

안개의 밀림 탓에 드문 드문 길은 지워지고
앞선 미등의 동선을 좌표 삼아 무엇을 찾아가는 중인지

내부를 엿보려는 듯 투명창에 달려드는 빗물을 걷어내며
어디쯤에서 햇살 예보를 만나려는지

노파의 탁한 음성 같은 검은 까마귀의 노랫소리가
자우룩한 흰 안개비에 리듬을 얹는다

오래된 측면

그는 걷고 그녀는 그의 측면을 보고 있다
그가 가끔 고개를 돌려 그녀를 바라본 것도 같고 아닌 것도 같다
그가 그녀를 향해 걸어오지 않아 정면을 본 적이 없고
돌아서 간 적이 없으므로 후면을 본 적이 없다
항상 같은 각의 측면을 보고 있어 집중하다 보면 그녀는
가끔은 어딘가를 향해 그와 함께 걷고 있다고 착각하기도 한다

꿈결같이 처음이 있었던 것도 같고 없었던 것도 같다

그가 측면을 보여주는 동안 평면의 배경 속에서 나비 떼들이
백만화소의 꽃들을 탐하고 작은 새들의 거처가 되어주겠다는 듯
잎을 덜어내지 않은 나무들은 폭설에 생을 걸기도 하지만
그는 걷고 그녀는 그의 측면을 보고 있다

그가 측면을 보여주느라 끊임없이 걷는 동안 평면을
범람한 물결이 굽이쳐 오고 스러지는 노을을 기리려는 듯
잠자리들이 군무를 마치고 숲속으로 스며들 때도
그는 걷고 그녀는 그의 측면을 보고 있다

상처같이 끝이 있었던 것도 같고 없었던 것도 같다

닫혀진 시간들의 고리가 푸른 이끼를 머금고 느슨해질 때
기억의 매립지 위로 아롱 아롱 돋아나는, 피어나는 환幻
그는 걷고 그녀는 그의 측면을 보고 있다

호밀밭

호밀밭 위에 바람의 자국이 있었다
저녁이 되도록 오랫동안 호밀을 흔들었을 바람

폭풍이었을 것이다

다 내어던지고
따라나서고 싶었는지도 모른다

갈등이 휩쓸고 간 얼굴

손을 놓아 보낸 여운인가
아주 가끔은
눈 둘 데 없는 작은 흔들림이 보였다

호밀밭 위에 폭풍의 지문이 있었다
호밀밭 속에 휘파람소리가 남았다

꽃과 바람이 빚는
일상의 변주

박 해 림

(시인 · 문학박사)

꽃과 바람이 빚는
일상의 변주

박 해 림
(시인 · 문학박사)

1.

일상은 우리와 늘 함께 있다. 삶 그 자체이므로 한 몸이다. 따로일 수 없다. 간혹 지나간 시간을 떠올린다는 것은 일상을 보다 가까이 감각할 수 있다는 것이며, 함께 누릴 수 있다는 말이다.

정옥자 시인의 시집 『연못의 뒷문』은 등단 20년이 훌쩍 지나 펴낸 첫 시집이다. 요즘 몇 년에 한 번씩 시집을 엮는 경우가 꽤

많은 것을 감안하면 이번 첫 시집이 갖는 의미와 소회는 남다르다 할 것이다. 특히 시 전편을 관통하고 있는 시인만의 시적 정서는 여느 시집에서 쉽게 느낄 수 없는 독특한 온기로 가득하다. 그것은 정옥자 시인 만의 촘촘한 내적 정서와 대상에 대한 질박한 시선의 깊이가 무의식적으로 작동했기 때문으로 보인다. 타고난 남다른 시적 교감이 시인의 내밀한 공간에서 이미 지화하는 동시에 경험적 삶을 개성적이면서 보편적으로 펼쳐놓는 것도 강점이다. 시인이 가진 온기가 활달하게 운동하면서 에너지화한다는 특징 역시 그렇다. 일상이 단단한 그 무엇에 둘러싸인 느낌마저 든다. 때로 그것은 아무도 만난 적 없는 봄날 새벽의 이슬 같기도 하고 늦은 가을날 해 질 녘의 적막이 칸을 쳐놓은 내밀한 삶의 순환적 공간을 엿보게 하는지도 모른다. 무엇보다 시편 곳곳에서 발현하고 있는 시적 이미저리가 마치 출렁이는 물결과 같은 특성도 눈에 띈다. 가까이 있으나 쉽게 만날 수 없는 대상을 문득 발견하게 하고 대상의 육화가 빚어내는 질박한 아름다움에 마구 빠뜨리는 것이다. 시인만이 가진 그 누구도 흉내 낼 수 없는 유연함과 단단한 결구를 감각하게도 한다.

무엇보다 정옥자 시인은 맛깔스러운 언어 미각의 탁월함을 보여주고 있다. 시집 전반에 포진하고 있는 이야기적 요소와 손에 잡힐 듯 대상이 가진 섬세한 미적 요소를 끌어내는 힘을 만나게 한다는 데서 이 시집은 빛을 발한다. 요즘 유행하고 있는 관념적이거나 어설픈 추상에 휘둘리는 도회적인 것이 아니라는 데서 시적 성취의 우월성마저 보인다. 지금 내가 사는 곳의 발밑을 들여다보며 같은 세계이면서 다른 세계를 만나게 하는 것이 그렇다. 그 세계에서 뿌리내리고 살아가는 다양한 작은 생명체를 통해 어떤 세상이 열리고 어떤 세상을 경험하는가를 섬세한 시선으로 이끌어주는 것이다.

시인이 사는 지역은 소외지역인 동시에 풍요로운 대자연의 혜택을 누릴 수 있는 크고 단단한 가슴 같은 청정한 곳이다. 공평한 일상은 어느 곳이든 예외가 없으나 서정적 자아가 무엇을 만나고 무엇을 보는가에 따라서, 어떤 관점으로 대상을 들여다보는가에 따라서 나만의 개성적인 세계를 만날 수 있다는 것을 잘 보여주고 있다

특히 서정적 자아가 지극히 소박하고 평범하며 보잘것없는 작은 대상과의 관계에서 어떤 알레고리를 갖는지 눈여겨보아야 할 것이다. 독자를 궁금하게 하는 힘이 여기에 있기 때문이다. 또한 서정적 자아와 대상과의 거리를 두고 좋은 시는 어렵지 않게 만들어진다는 것도 이 시집이 가진 강점이다. 강원도 인제의 자작나무 숲의 희끗희끗한 시인만의 정취는 순전히 덤이다.

아네모네꽃은 아네모네 뿌리들이 품고 있던 꿈

각시붓꽃은 각시붓 줄기가 꼭 쥐고 놓지 않은 꿈

한 송이엔 그들만의 날들이 안개처럼 고여있네
각시붓꽃은 각시붓 줄기가 지켜낸 기다림

뿌리와 줄기가 꽃을 품고 있었다면
꽃은 과거이며 미래인
줄기와 뿌리를 품고 있는 것처럼

어떤 몸들은 어머니와 할머니
할머니의 어머니와 할머니들을 품고 있으니

환하게 시장 구경 나온 꽃들 앞에서
인중이 곱게 닮은
두 여자 얼굴이 동일하게 활짝 피는 걸 보면

저이들도 틀림없이 꽃들처럼
은밀히 몸속에 서로를 품어왔던 것이려니

— 「꽃들」 전문

시인은 시장에서 만난 꽃들, 그중에서 '아네모네'와 '각시
붓꽃'을 눈여겨본다. 꽃을 파는 시장에서 시장 구경을 하러 온

사람들을 보면서 그들 또한 '꽃'이라는 것을 발견한다. 누가 꽃이고 누가 사람인지 굳이 확인할 필요가 없는 시장 풍경에 시인의 온기 가득한 시선이 머문다. 꽃들은 사람들과 눈을 맞추며 어서 자기를 선택해주기를 바라고 사람은 그들이 살아낸 시간을 들여다보는 것이다. 이러한 상호작용은 '아네모네꽃은 아네모네 뿌리들이 품고 있던 꿈/ 각시붓꽃은 각시붓 줄기가 꼭 쥐고 놓지 않은 꿈'에 이르며 '뿌리와 줄기가 꽃을 품고 있었다면/ 꽃은 과거이며 미래인/ 줄기와 뿌리를 품고 있는 것처럼' 과거와 미래의 시간이 공존하고 있다는 것을 파악한다. 아네모네나 각시붓꽃이나 '오래된 설레임'과 '기다림'을 떠받치고 있기 때문이다. 시장에 나 앉아 선택되기를 소망하고 있는 꽃들을 보는 시인은 구경하러 나온 사람들이 한데 어우러져 누가 꽃이고 누가 사람인지 굳이 구분할 필요가 없다는 것을 안다. 사람과 꽃이 따로가 아니라 하나의 동일성의 선상에 놓여 있는 것을 본다. '뿌리와 줄기가 꽃을 품고 있었다면/ 꽃은 과거이며 미래인/ 줄기와 뿌리를 품고 있는 것처럼' 그 꽃을 들여다보고 있는 사람들이 그러하다는 것을 발견했기 때문이다. '환하게 시장 구경 나온 꽃들 앞에서/ 인중이 곱게 닮은/ 두 여자 얼굴이 동일하게 활짝 피는 걸' 확인하는 것은 결코 우연이 아니다. 꽃과 두 여자는 '저이들도 틀림없이 꽃들처럼/ 은밀히 몸속에 서로를 품어왔던 것'이라는 결론이 이른 것은 자연스러운 귀결이다. 시인은 시장에 나앉아 활짝 핀 꽃들이나 그 꽃을

보는 여자들이 하나 다를 바 없는 꽃들임을 발견하는 즐거움
이 얼마나 향기로운가.

우리집에 가서 같이 살자~

언젠가 강아지를 데려오며 그랬듯
원통장에서 홍시 둘 달린
한 그루 감나무를 차에 싣고 오며 말했다

조금 춥긴 해도 우리
자알 견디어보자~

양지에 심어 낙엽으로 발등을 덮고
허리까지 바람막이를 둘러주며 말했다

산 105번지에 먼저 온
터줏나무들과 새 가족이 된
키 작은 감나무나

천방지축 강아지나 열댓의 우리 딸이나
요즘

세상에 줏대를 세우고 있는 중이다.

— 「감나무와 강아지와 딸 -산중일기 · 1」 전문

새가 반을 먹고 간 사과의 반을 내가 먹는다
반반씩 나눠 먹으니
세와 한 밥상에 앉은 기분

어린 딸과 밥을 먹는 것은
어린 새와 한 밥상에 앉는 것

하늘도 한 쪽씩 같이 품는 것이다

— 「새와 한 밥상에 -산중일기 · 2」 전문

위의 작품은 「산중일기」 연작으로 시인의 일상을 잘 보여준
다. 이제는 한 식구가 된 강아지처럼 '원통장에서 홍시 둘 달
린/ 한 그루 감나무를 차에 싣고' 오면서 '조금 춥긴 해도 우
리/ 자알 견디어보자~' 라고 살갑게 말을 건넨다. 식구 하나를
늘이면서 살뜰하게 보듬고 있는 것이다. 단지 '감나무' 에 불과
한 식물이지만 생명이란 무릇 이런 것이어야 한다는 것을 말하

고 싶은 것이다. 살가운 말 마디는 곧 '천방지축 강아지나 열댓의 우리 딸이나' 그리고 '강아지'와 '딸'을 연이어 불러내면서 '우리집'의 식구들을 껴안고 있다. 한집에 모여 사는 식구들이 저마다 제 자리를 지키며 성장하고 있는 모습을 한 발 뒤로 물러선 채 따뜻하게 지켜보는 일은 매우 즐거운 일이다. 그것은 「새와 한 밥상에」의 작품에서도 확인할 수 있다. '새가 반을 먹고 간 사과의 반을 내가 먹는다/ 반반씩 나눠 먹으니/ 새와 한 밥상에 앉은 기분'이라고 시인은 즐겁게 토로한다. 또한 '어린 딸과 밥을 먹는 것은/ 어린 새와 한 밥상에 앉는 것'이라고 말한다. 시인은 이 순간 나와 함께 하는 모든 생명체는 모두 한 식구라는 것을 말하고 싶은 것이다. 그래야 '하늘도 한 쪽씩 같이 품'을 수 있기 때문이다.

작품 속의 시인은 늘 분주하나 주변의 것을 하나 허투루 넘기지 않는다는 것을 작품 곳곳을 통해 확인시켜주고 있다. 꽃이 피고 지는 것은 물론 '장 단지 뒤에서 슬픔이 한낮을 머뭇대다 가더니/ 한숨 조그맣게 떨구어 놓은 자리 채송화 피었습니다'(「여름 근황 ─산중일기·3」)까지 보아낸다. 거기엔 '창틀 위에 팔짱을 얹은 어스름이랑/ 어둠에 얼굴을 묻은 적막이 채송화를 품고' 있으며, '눈썹달은 달마의 하회탈 얼굴로/ 밤이 깊도록 채송화 등에 어룽대다'가고 있는 것을 보았기 때문이다. 슬픔과 작은 꽃 채송화 그리고 적막이 시인의 또 다른 일상의 한 부분을 채우고 있음도 알 수 있게 한다.

장에 나온 나무들이
흙덩이로 발을 꽁꽁 싸매고 늘어서 있다
나무는 세상에 외발로 서야하므로
비나 바람 속에서 잘 견디려면
외로워도 평행대 위를 걷듯이
좌우로 가지를 펼쳐가며
조심조심 스스로 균형을 잡아가야 하므로
이사하는 어린나무는
무엇보다 발이 따듯해야 하므로
나무장사는 나무들에게 양말을 신기듯
발을 꽁꽁 싸매주었을 것이다

대학 기숙사로 입사해가는 딸의 짐을 챙기며
뭇엇을 보태고 덜어야 할지
어떤 말을 더하고 빼야할지
고민하다 조용히
나무장사의 마음을 넣어 보냈네

　　　　　 ― 「나무장사의 마음 -산중일기 · 6」 전문

　시인은 딸을 걱정하는 마음을 「나무장사의 마음 ―산중일
기 · 6」을 통해 따뜻하게 드러낸다. '장에 나온 나무들이/ 흙덩
이로 발을 꽁꽁 싸매고 늘어서 있'는 모습을 보고 순간 발을

멈추는 것이다. 눈이 번뜩 뜨인 것이다. 세상을 산다는 것은 사람이나 나무나 별다르지 않다. '나무는 세상에 외발로 서야' 하기 때문이라는 것을 모르는 바가 아니나 새삼 눈에 들어온 그 장면이 예사롭지 않다는 것을 알아챘다. 그것은 '비나 바람 속에서 잘 견디려면/ 외로워도 평행대 위를 걷듯이/ 좌우로 가지를 펼쳐가며/ 조심조심 균형을 잡아가야 하므로'에 시선을 고정하는 배경이 된다. 시인의 따뜻한 눈길은 어린나무에서 순간 딸을 발견했기 때문인데 모성적 본능일 것이지만 예리하고 섬세한 시인만의 발견이라고 보이는 것이다. 주변에 널린 것이 나무일 터인데 새삼일 수밖에 없다는 것이 그렇다. 이즈음 일어난 딸에 대한 엄마의 걱정은 잠시도 멈출 수 없다. '이사하는 어린나무는/무엇보다 발이 따듯해야' 한다는 데 시선이 꽂힐 수밖에 없다. 특히 어린나무에게 '양말을 신기듯 발을 꽁꽁 싸매' 준 나무장사의 마음을 읽어내고 '대학 기숙사로 입사해가는 딸의 짐을 챙기며/ 무엇을 보내고 덜어야 할지/ 어떤 말을 더하고 빼야할지/ 고민하다/ 조용히/ 나무장사의 마음을 넣어' 보내게 된 현재의 심정이 울컥하니 뜨겁다.

　한편으로 시인의 섬세함이 시편 전편에 곳곳에 포진해 있다. 일상에서 읽어낸 삶의 애틋함을 돌아볼 수 있게 한다. 그것은 「흔적, 잠시 ―산중일기ㆍ7」에서도 드러난다. '때까치가 앉았다 떠난. 나뭇가지가 한참을 요동쳤다// 스물의 딸을 타지로 날려보내고/ 저렇듯 나도 출렁이고 있다'를 보았다. 나뭇가지에 앉았던 까치가 떠난 자리가 출렁이는 것이 곧 자신의 마음이라고 동일성을 갖는 것이다. 그 어떤 외부의 진정도 필요 없다는 것을 시인 스스로 잘 알고 있으나 그 속마음이 빚어내는 진동의 무게는 시를 읽는 이에게까지 잔잔하게 파문이 일고 있음을 보여준다. 그것은 또한 '날아간 새의 발구름을 받아 낸 나무처럼' 진동을 일으킨 새를 무연히 바라보고만 있는, 그 진동을 온몸으로 받아낸 나무의 심정과도 같다는 것을 파악할 수 있다. 나무가 갖는 온기를 만져지지 않지만 모성의 마음은 안다. 그 자리가 얼마나 뜨겁고 진동이 강한지를.

연작 시편 「산중일기」는 산골의 일상을 아주 적확하고도 섬세하고 뻔한 것 같은데도 하나도 뻔하지 않게 여느 삶의 자리와 다르지 않게 잠시도 쉬지 않고 일상이 분주하게 움직이고 있다는 것을 다양하게 보여주고 있다. 마치 옆에서 이야기를 들려주는 누군가가 있어 마냥 귀를 내어주어야만 할 것 같은 힘을 가졌다. '자 들어봐. 이야기는 이렇게 시작되는 거야. 오늘은 동화 같은 이야기를 들려줄게.' 라든가, 아니면 '있잖아. 오늘은 동네가 조금 시끄러워. 오랜만에 동네 사람들이 한데 모여 한판 놀거든!' 이라든가, '계절은 이렇게 또 오고 가버리네.' 라고. 그것은 아무도 귀를 기울이지 않아도 들을 수 있고, 잠시 자리를 앉아서 땀을 식히면서도 볼 수 있게 한다. 정옥자 시인의 시는 자신만의 것이 아니라 주변의 시선을 한데 모으는 유연하고도 당찬 힘을 가졌기 때문이다.

삼거리 길옆 등나무 아래
박씨, 정씨, 임씨 할매 화투판을 벌렸어요
공공근로 씸짓돈 몰아볼까요
햇빛이 등나무잎을 헤치며 들여다보고
줄장미들도 분식집 담벼락에
오글오글 얼굴을 내밀고 구경하고 있어요
한방씩 터져주는 흔들고 피박이면
매화가지 꾀꼬리도 놀라 달아날 판
시원한 콩국 내기에
집게발 들어 올린 게들마냥 서운한 삿대질도
자리털면 잊힐 노여움이죠
새로울 거 없어도
눈만 떨어지면 둘러앉는 등나무 아래
서로의 속내 사정은
이따금씩 나눠 자시는 파전같은 것
어머, 쓰리고 들어가나요
정씨할매 끗발 올리고 있네요
어깨 사이로 넘겨보던
훈수꾼 등꽃들 하냥 하냥 웃고 있어요

— 「등나무 아래 ─산중일기·9」 전문

마치 영화의 한 장면과도 같은, 그 리얼한 장면이 와이드 화면에 쫙 펼쳐지는 것처럼 왁자지껄 술렁이는 분위기를 파노라마처럼 보여준다. 정말 재미있지 않은가. 상쾌하고 통쾌하지 않은가. 개구쟁이 아이들이 게임에 코를 박고 몰두하며 놀고 있는 장면 같은 아무런 가식 없는, 있는 그대로의 삶의 현장을 만나게 한다. 물론 도시의 한가한 뒷골목이나 변두리나 여느 시골에서도 이와 유사한 장면을 만날 수는 있을 것이다. 하지만 시 「등나무 아래」에서 펼쳐내는 이 장면은 뻔하면서도 매우 특출한 분위기를 만들어내었다. 살아 꿈틀거리는 정도가 아니라 바로 내 앞에서 펼쳐지는 실감 나는 놀이이자 삶의 한 단면이다. 이 시를 읽는 누구라도 그 자리에 함께 둘러서서 화투판을 놓고 구경하고 있다는 강한 느낌을 지울 수 없을 것이다. 이것은 순전히 정옥자 시인만의 화법이 잘 구현되었기 때문이다. '박씨, 정씨, 임씨 할매 화투판 벌렸어요/ 공공근로 쌈짓돈 몰아볼까요'에서 희화화한 놀이의 현장이 '햇빛이 등나무잎을 헤치며 들여다보고/ 줄장미들도 분식집 담벼락에/ 오글오글 얼굴을 내밀고 구경'하고 있는 장면에서 입꼬리가 씨익 올라갈 수밖에 없다. 대낮 나무 그늘아래 펼쳐진 화투판이 치열한 삶의 현장인 것만 같은 것이다. '한방씩 터져주는 흔들고 피박이면/ 매화가지 꾀꼬리도 놀라 달아날 판'인데 구경꾼인 나무와 새와 꽃들의 관전 포인트도 고개 끄덕이며 동참하는 모습도 한층 재미를 유발한다. 천연덕스러우면서도 남다른 해학을 가진 시인의 면모를 만나게 되는 것이다.

'달빛이 풀잎을 건너는 소리/ 집이 효자손으로 등 구석을 긁는 소리// 헌 옷같이 오래된 여자가/ 철 지난 옷 개는 소리, 벽에 기대앉아/ 묵은 일기장 읽는 소리// 낙엽 같은 세월 뒤적일 게 많아서/ 그믐달 오동나무 팔 베고 사유에 든 밤// 산다는 건 뭘까,' (「귀뚜리 운다 —산중일기 · 11」 부분)와 '그 길에 목련을 피워놓는 건 햇살인데/ 어여쁘군, 짓궂게 꽃을 흔들며 (중략) 햇살이나 바람이나 나나/ 그렇게 마음을 줘 봤던 것인데/ 오는 건 간다고 가는 것이라며 봄이 갑니다(「낙화 —산중일기 · 10」 부분)'의 시에서 호젓한 상념에 젖은 시인을 만난다. 산중 생활에서 얻어지는 풍요로운 적막과도 같은, 사철 다르면서 같은 풍경을 맞이하고 보내는 시인의 발자국을 만나게 된다. 산중일기 시편에서 시인의 내면을 깊이 들여다볼 수 있다는 것과 반복하는 일상에서 누구를 만나고 무엇을 보며 어떤 시선이 익어가는지를 살필 수 있다. 이 모든 것은 일상의 한 부분이며 전부라는 것을 알 수 있다.

　함박눈이 날려서 월든을 읽는다
　눈에 발이 묶인 흐린 겨울날

얕은 산중에서
엄살스럽게 유폐를 말하며
흩날리는 눈송이에 마음을 적신다
(중략)

신 깊숙한 어딘가에서 웅크리고 있을 짐승들
추운 바람은 그 무릎을 멀리 돌아 흐를 거란
생각을 하며 아이에게 줄 고구마를
굽다 보면 눈발은 기인 바람결에 수를 놓고

잊혀진 사람처럼 산중에 앉아 있으면
지붕은 우리를 대신하여 찬 눈을 맞아서
나는 미움도 설움도 없이
흰 눈송이들이 그리는 풍경시를 읽는다

— 「무쇠점 블루스 2 —산중일기 · 13」 부분

  각주에 나와 있듯 '무쇠점'은 인제에 있는 마을 이름이다. 그 이름이 주는 뉘앙스가 낯설면서 정겨운 것이 백석의 시편을 연상시킨다. 도입부부터 산중의 전경이 펼쳐지는 「무쇠점 부르스 2」는 시인이 '월든'이라는 책을 읽는 것에 주목하게 한다. 19세기 중엽 작가 '헨리 데이빗 소로우'의 삶의 궤적을 들여다

보는 시인은 이미 알고 있다. 월든 호숫가의 숲속으로 들어가 통나무집을 짓고 밭을 일구면서 생활의 대부분을 자급자족하는 소박한 생활을 담고 있는 소로우에 대해. 그가 추구하고 있는 것은 크면서도 크지 않고, 무겁지만 무겁지 않고 가벼운 듯 가볍지 않다. 헨리 데이빗 소로우의 산중 생활이 시인에게 어떠한 의미인지 짐작하게 한다. 함께 하고 들여다보고 만져보고 한 발 떨어져 생각하며 온몸으로 체득하고 있다는 것을 시인은 보여준다. 아마도 시인의 삶에 큰 영향을 미친 듯한 이 책은 단순히 자연 예찬은 물론 문명사회에 대해 거리를 두며 친환경적 삶을 추구함이 아니라 그것을 통해 진정한 삶의 가치를 실현하고자 함에 있다. 현실과 이상은 따로 떨어져 있지 않고 공존하는 것임을 소박한 시를 통해 그리는 것이다. 꼼꼼하고도 섬세하게 시편 곳곳에 시인만의 온기를 가득 드러내 보이는 것은 그 때문일 것이다.

함박눈에 갇혀 꼼짝할 수가 없는 시인은 눈에 갇혔으므로 지금의 삶을 되돌아보는 것은 아니다. 오히려 함박눈에 의해 지난 삶과 지금 그리고 미래의 시간까지 온몸으로 새삼 느끼고 받아들이고 있는 것을 파악할 수 있다. 시인이 '산 깊숙한 어딘가에서 웅크리고 있을 짐승들/ 추운 바람은 그 무릎을 멀리 돌아 흐를 거란/ 생각을 하며 아이에게 줄 고구마를/ 굽다 보면 눈발은 기인 바람결에 수를 놓'는 것에 주목하게 한다. 멀지 않은 바깥에 살고 있는 짐승들을 생각하는 마음은 마치 한 식구처럼 보듬고 있다는 것에도 눈길을 주게 한다. 온전히 '잊혀진 사람처럼 산중에 앉아…미움도 설움도 없이/ 흰 눈송이들이 그리는 풍경시'를 읽는 시인은 아마도 자연과 함께인 이 순간 이야말로 '미움도 설움도 없이' 온전한 나를 만날 수 있다는 것을 알 수 있다. 함께 숨을 쉬고 있는 나와 너를 위한 시간의 소중함은 멀리 있지 않다는 것을 보여주고자 하는 것이다.

시인은 연작 시편(「산중일기 · 1~16」)을 통해 대체로 나와 자연을 동일시하는 것을 알 수 있다. '해 질 무렵 느티나무 안으로/ 새들이 우르르 몰려들었다/ 나무는 제 잎과 새를 구분하지 않았다/ 몇째인지 헷갈리는/ 풍채 좋은 중년여인 같았다/ 어느 하늘 어느 바람 속을 날다 왔는지/ 나무 품에서 새들은/ 느티나무 잎들과 오순도순/ 다 같이 저무는 저녁을 보았다'라며 시인의 살가운 감성이 언어 외의 자연을 통해 완성되고 있음을 알 수 있다.

모든 길은 몸에서 나온 것
가지가 돋은 곳마다
생각이 찢긴 자작나무

고민과 갈등 없이는
어떤 길도 갈 수 없더군

몸 안에서 발을 꺼낼 수 없더군

누군가 수없이 갔던 길을
누구나 처음 가는 것

굽이치지 않고 자란 가지는 없더군
굽이치지 않고 가는 길도 없더군

몸에 문을 내어
발들이 걸어 나간 순백의 발자국

천공天空을 자작자작 딛고 있는 자작나무
허공에 제 몸을 그리듯
공간에 재 길을 만들듯

삶은
자작自作이더군

―「자작나무」 전문

위의 시 역시 시인의 일상을 가감 없이 보여주고 있다. 소로
우의 영향이든 아니든 그가 추구하고 있는 삶의 길이며 지형

도이다. 지금 여기서 발을 딛고 살아간다는 것은 오직 자작나무의 길과 다르지 않다는 것을 확연하게 보여주고 있다. '모든 길은 몸에서 나온 것'이라고 단언하는 시인의 눈길은 다시 내면으로 향한다. '고민과 갈등 없이는' 어떤 길도 갈 수 없다는 것이다. 그 길은 '누군가 수없이 갔던 길을/ 누구나 처음 가는 것'이라고 말한다. 누군가 수없이 갔던 그 길은 '나'는 처음이라는 것이다. 수 없는 자문자답의 시간이 자작나무와 함께했으리라는 짐작을 할 수 있다. '굽이치지 않고 자란 가지는 없'고, '굽이치지 않고 가는 길도 없'다는 것을. 산중 생활을 통해 얻어낸 일상의 힘은 세다. 그 시선의 깊이는 자작나무가 걸어간 저 너머까지 이어져 있는 것이다.

호밀밭 위에 바람의 자국이 있었다
저녁이 되도록 오랫동안 호밀을 흔들었을 바람

폭풍이었을 것이다

다 내어던지고
따라나서고 싶었는지 모른다

갈등이 휩쓸고 간 얼굴

손을 놓아 보낸 여운인가
아주 가끔은
눈 둘 데 없는 작은 흔들림이 보였다

호밀밭 위에 폭풍의 지문이 있었다
호밀밭 속에 휘파람 소리가 남았다

—「호밀밭」전문

아버지로부터 상속받은 건 바람 한 알

먼 어느 곳에서 왔던 바람이
똑 닮은 바람을 낳아 놓고 가셨던 거야

아버지는 내 몸속에
바람 한 톨을 넣어 놓고 가셨던 거야

바람 부는 들녘에 서면 그래서 가슴이 뛰고
휴면하던 세포에 와류가 흐르나

먼 우주로부터 흘러온 바람이
먼 우주를 그리워하는 것 그래서

바람이 불면 어딘가 떠나고 싶어지나 봐

아무래도 바람이 바람을 낳아 놓고 가셨던 게지

— 「바람 부는 날」 부분

모든 풀의 매디에는
머뭇거린 걸음이 있다
생각이 고여 있다
시간이 쌓여 있다

허공을 더듬어 보고, 재단해 보고
허공을 건드려 보고, 바람의 방향을 짚어보고
태양의 중력도 가늠해 보았을까
손짐작 몇 번은 거쳤을 자리에
줄기를 새우고 잎을 펼쳤을 풀포기
조금쯤은 태양을 향해 있다

— 「풀의 매디」 부분

내가 한 송이 꽃으로 피어있는 것은

누군가 나의 꽃대가 되어주었다는 것

네가 한 송이 꽃으로 핀다는 것은
내가 네게로 가 꽃대가 되어주는 것이었네

— 「우리가 꽃을 피어있는 것은」 부분

　시인의 의식 깊은 곳에 자리하고 있는 것은 대체로 '바람'이
거나, '자국'이거나, '길'이거나, '걸음' 그리고 '시간'이다. 시
전편을 통해 고루 포진해 있는 의식의 중심에 크게 자리하고
있는 이 시어들은 시인이 인식하고 있는, 의식 저변 곳곳에 놓
여 있는 정신과 삶의 가치들이다. 그 가치들을 떠받치는 단단
한 에너지다. 시편에서 반복되고 있는 시어 중 그 시어들이 떠
받고 있는 것은 무거운 것은 아니다. 그렇다고 가벼운 것은 더
욱 아니다. 의식의 흐름에 내맡겨져 흐르다 돌부리에 툭 걸려서
건져 올려진 알곡 같은 그러한 결과물이 대부분이다. 시인이 일
상에서 만나는 수많은 대상 중에서도 익숙하고 반복되는 대상
은 매번 다르게 의식 깊숙이 스며들거나 침투한다. '호밀밭 위
에 바람의 자국이 있었다/ 저녁이 되도록 오랫동안 호밀을 흔
들었을 바람// 폭풍이었을 것이다// 다 내어 던지고/ 따라나서
고 싶었는지도 모른다'에서 시인의 일상과 삶의 무게를 가늠

케 한다. 호밀 저 혼자서 바람에 흔들렸을 것이지만 시인은 그 것을 자신에게 불어닥친 '폭풍'으로 받아들인다. 모든 것 다 내려놓고 떠나고 싶었던 적을 떠올렸을 법함을 짐작할 수 있게 한다. 그 '폭풍'의 회오리에 온몸을 떠맡긴 채 어디론가 떠나 고 싶었을 것이다. 그것은 다시 '아버지로부터 상속받은 건 바 람 한 알'이라는 것을 알아차리면서 '먼 우주로부터 흘러온 바 람이/ 먼 우주를 그리워하는 것 그래서/ 바람이 불면 어딘가 떠 나고 싶어지나 봐// 아무래도 바람이 바람을 낳아 놓고 가셨던 게지'로 귀착된다. 산중의 생활이란 늘 떠나는 일이고 늘 머무 는 일이라는 것을 시편 곳곳에서 발견할 수 있지만 시인의 사 유와 시선은 늘 일상을 떠나지 않는다는 것을 알 수 있다.

'일상은 늘 꿈을 꾸는 것이고 꿈은 일상을 위해 존재한다' 라고 할 때 시 '모든 풀의 매디에는/ 머뭇거린 걸음이 있다/ 생 각이 고여 있다/ 시간이 쌓여있다(「풀의 매디」부분)'에서 스 스로를 돌아보고 있는 시인의 모습이 거기에 있음을 알게 된다 '내가 한 송이 꽃으로 피어있는 것은/ 누군가 나의 꽃대가 되 어주었다는 것//네가 한 송이 꽃으로 핀다는 것은/ 내가 네게로 가 꽃대가 되어주는 것이었네(「우리가 꽃으로 피어있는 것은」 부분)'는 그것을 입증하고 있다. 시인의 일상은 꿈을 꾸는 행위 의 일부이고 꿈은 곧 일상의 강건성과 믿음 그리고 자신의 삶 을 사랑하는 또 다른 반증이라는 것을 앞의 시들을 통해 확인 할 수 있다. 나와 나의 식구들 또한 그러하리라는 것을 시인은 시편 곳곳에 배치해놓았다. 마음 깊은 곳에서 용솟음치는 태양을 향한 방향성과 바람이 불어오는 곳으로 걸음을 옮기는 것이 그렇다. 생각과 시선은 늘 함께이면서도 서로를 보완해주는 '걸음'이기 때문이다.

　아름다운 아홉 편의 시편 「판화」는 시인의 방향성과 근원적 지향점을 잘 완성시켜 놓았는데 '빨랫줄 바지랑대 그늘 속에/ 해종일 키질하시는 어머니/ 머리수건 위로 나부끼던 햇살이/ 멍석 끝에서 지워지면/ 옥수수며 고추를 자루에 옮겨 닮았다/ 잠자리 떼 낮은 비행따라/ 싸리울 줄콩 여물어가고/ 단단해진 밤들 엷은 바람에도/ 소스라치며 떨어질 즈음/ 줄콩처럼 몇 개의 세계를 품고/ 길에서 몇 번 마주친/ 사내의 연애편지를 기다렸다(「가을날 ─판화 · 1」 전문)을 읽으면서 시인의 일상이 예사로우면서도 예사롭지 않고 늘 꿈을 꾸면서도 일상 속 현실을 밀어내지 않는 섬세한 미적 성취를 구현하고 있다는 것을 확인한다.

　　둥근 둘레의 반 평 남짓한 연못
　　수련이 피었다

　　작은 연못이
　　왼쪽 가슴에 꽃사지를 달은

조금은 자란 동자승 같다

유들한 버드나무와 난
연못 둘레에 나란히 얼굴을 띄우고
다정히 들여다보는 것인데

수면 위에 그림자들을 싣고
고인 물이
연못 뒷문으로 빠져나간다

그래, 작은 가슴에도 덜어낼 거 있을 테지
몇 닢 추억은 있을 테지
돌아서면 먼 전생이 아니던가

가끔씩은 마음 내어 가는
뒷문이 하나쯤은 필요한 거지

─「연못의 뒷문」 전문

　　시집 『연못의 뒷문』을 읽으면서 정옥자 시인이 추구하고 있
는 삶의 지향성이나 시적 향방이 헨리 데이빗 소로우의 《월든》
에 닿아 있음을 보았다.

'꽃이나 바람 곁에서// 눈송이나 빗소리 곁에서// 웃거나 잠 기거나 하던 기록 그런 것들 같다// 유년에서 중년에 닿고/ 내리막이다/ 그 시간들이 담겼다// 딸에게 남길 수 있다는 게 참 좋다' 라고 피력한 '시인의 말' 에서 보여주듯 지금, 이 시간을 잘 살아낸다는 것은 지금 바로 내 앞과 옆 그리고 발밑에 있음을 보여주었다. 매 순간 자연과 교감하고 있는 시인의 삶은 '꽃과 바람이 빚는 일상의 변주' 가 비발디의 <사계>처럼 강원도 인제의 어디에서든 연주되는 것만 같은 것이다. 언제든 비를 가진 폭풍을 가슴 안쪽에 숨겨놓은 천연덕스럽게 살랑이는 봄 바람 같기도 한 것이다.

【날마다 식탁에 오르는 소금 같은 시와소금의 시집들】

시와소금 시인선 140

연못의 뒷문

ⓒ정옥자, 2022, printed in Seoul, Korea

초판 1쇄 인쇄 2022년 06월 30일
초판 1쇄 발행 2022년 07월 05일
지은이 정옥자
펴낸이 임세한
디자인 유재미 정지은

펴낸곳 시와소금
출판등록 2014년 1월 28일 제424호
발행처 강원 춘천시 충혼길20번길 4, 1층 (우-24436)
편집실 서울시 중구 퇴계로50길 43-7 (우-04618)
팩스겸용 (033)251-1195 / 휴대폰 010-5211-1195
이메일 sisogum@hanmail.net
ISBN 979-11-6325-043-2 03810

값 10,000원

인제군문화재단
INJE CULTURAL FOUNDATION

· 이 시집은 2022년 인제군문화재단 문화예술지원사업 지원금으로 발간하였습니다.